문학과지성 시인선 486

영원이 아니라서 가능한

이장욱 시집

문학과지성사

문학과지성사에서 펴낸 이장욱의 시집

정오의 희망곡(2006)

문학과지성 시인선 486

영원이 아니라서 가능한

초판 1쇄 발행 2016년 6월 24일
초판 9쇄 발행 2023년 12월 1일

지 은 이 이장욱
펴 낸 이 이광호
펴 낸 곳 ㈜**문학과지성사**

등록번호 제1993-000098호
주   소 04034 서울 마포구 잔다리로7길 18(서교동 377-20)
전   화 02)338-7224
팩   스 02)323-4180(편집) 02)338-7221(영업)
전자우편 moonji@moonji.com
홈페이지 www.moonji.com

ISBN 978-89-320-2877-4 03810

문학과지성 시인선 486

영원이 아니라서 가능한

이장욱

시인의 말

영원이 아니라서 가능하다
고 중얼거렸다.
그것이 차라리 영원의 말이었다.

물끄러미
자정의 문장을 썼다.

나는 의욕을 가질 것이다.

2016년 6월
이장욱

영원이 아니라서 가능한

차례

1부

우편

모든 것은 이미 배달되었다.
그것이 늙은 우편배달부들의 결론,

당신이 입을 벌려 말하기 전에 내가
모든 말을 들었던 것과 같이

같은 계절이 된 식물들
외로운 지폐를 세는 은행원들
먼 고백에 중독된 연인들
그 순간

누가 구름의 초인종을 눌렀다.
뜨거운 손과 발을 배달하고 있다.
우리가 있는 곳이라면 어디에나 있는
바로 그 계절로

단 하나의 답장이 도착할 것이다.
조금 더 잔인한 방식으로

일관된 생애

태어난 뒤에 일관성을 가지게 되었다. 그것이 무엇인지 몰랐는데
눈 코 입의 위치라든가 뒤통수의
방향 같은 것인가
또는 너를 기다리는 표정

나는 정기적으로 식사를 했다. 같은 목소리로 통화를 하였다. 비슷한 슬픔에 빠졌다. 변성기는 지났습니다만

저는 살인범이며 동시에
이웃들에게 아주 예의 바르고 성실한 사람입니다. 그것이 사회의 덕목,
정중하게 넥타이를 매고 예식에 참석했다가
취한 뒤에는 술잔을 던지고

출근길의 가로수가 언제나 거기에 서 있는 것을 좋아하였다. 길고양이가 지나다니는 골목의 밤을 깊

이 이해하였다. 나타났다가 사라지는 것이
　매우 일관되었다고

　오늘도 변함없이
　죽은 사람들에게 조금 더 가까워집니다.
　어렸을 때부터 독재자와 신비주의자가 싫었어요.
　제게도 미친 듯이 좋아했던 사람이 있었는데
　지금은……

　내가 어느 날 당신의 전화를 받지 않을 것이다.
　술집에서 떠들다가 문득 침울해질 것이다.
　살아가다가
　이제는 살고 있지 않을 것이다.

　아무래도 나는 어제의 옷을 다시 입고
　오늘의 외출을 하는 것이었다.
　거짓된 삶에 대하여 계속
　무언가를 떠올렸다.

얼음처럼

나는 정지한 세계를 사랑하려고 했다.
자신을 의심하지 않는 세계를.
나는 자꾸 물과 멀어졌으며
매우 견고한 침묵을 갖게 되었다.

나의 내부에서
나의 끝까지를 다 볼 수 있을 때까지.
저 너머에서
조금씩 투명해지는 것들을.

그것은 꽉 쥔 주먹이라든가
텅 빈 손바닥 같은 것일까?
길고 뾰족한 고드름처럼 지상을 겨누거나
폭설처럼 모든 걸 덮을 수도 있겠지만
그것이 가위바위보는 아니다.
맹세도 아니다.

내부에 뜻밖의 계절을 만드는 나무 같은 것

오늘 아침은 영원이 아니라서 가능하다
는 생각 같은 것
알 수 없이 변하는 물의 표면을 닮은.

조금씩 녹아가면서 누군가
아아,
겨울이구나.
희미해.
중얼거렸다.

불멸의 개

막다른 골목인데도 커다란 개가 나타나지 않았다.
나타나지 않은 개는 긴 혀를 내밀지 않았고
이빨을 드러내지도 않았고
이빨에서 흘러내리는 한 줄기 침도

나타나지 않은 개와 싸울 수 없었다.
귀를 물어뜯고 피를 흘리고 아가리를 찢고
존재의 끝까지
아주 단순한 마음이 될 때까지

그것은 불멸의 개였다.
옆집의 개였다.
개가 아니었다가
거의 진정한 개가 되어서

막다른 골목에서 커다란 개가 나타나지 않았다.
나타나지 않은 개가 내 목을 물고
나타나지 않은 개가 꼬리를 치고

나는 골목의 어둠 속에 서서
바로 그 개를 바라보았다.
아주 단순한 눈으로

음악에게 요구할 수 있나?

그런가. 당신에겐 매일 먼 곳과 가까운 곳이 생기고
나는 자꾸 일치하는 밤
그것을 음악에게 요구할 수 있나?
신축 건물 옥상의 다른 연주법
반음계가 어긋난 교차로
죽은 사람의 귀에서 태어나는 수천 개의 옥타브

밤은 언제나 하나씩의 방이었지.
누가 그 방에서 옷을 갈아입은 뒤
음악이 되어 나왔다.
그는 명령을 모르고
작은 동물들의 직감을 닮았고
예측할 수 없는 맥박을 지녔지만

지금은 옥상에서 보이는 모든 것
조금 더 불가능한 바로 그것
그것을 음악에게 요구할 수 있나?
살인자가 음악을 이해하고

독재자가 음악을 사랑하고
음악 속에서 지금 누가 죽어간다는 것

리드미컬하게 다가오는 건 언제나
가까운 곳과 먼 곳이 바뀐다는 뜻
이제 가능해진다는 뜻
자정의 옥상에 서서
불빛들을 하나하나
세어보는 방식으로
도미솔이라든가 솔시레 같은 것으로만 존재하는
이 무수한 허공으로부터

아직 눈사람이 아닌

나는 이 겨울을 조금만 하려고 한다. 그것이 움직이는 만큼만.
아직 눈사람이 아닌 세계에서.

아침에는 당근으로 긴 코를 만들어두었다.
내일은 미리 앞니를 뽑고 겨울이 오면 백설기 같은 내장을

머리는 끝내 크리스마스가 아니다. 심장은 연탄으로 돼 있지만 용서하지 않는다. 다리는 영영
만들어지지 않은 것

나는 빨간 장갑을 배에 붙이지도 않았고 빨간 모자를 쓴 적도 없고 빨간 피는
잘 감추어두었다. 눈사람이 아니어서 마침내
녹지 않는 세계에서.

머리는 꿈속에 있고 몸통은 굴러가기로 한다. 밤

새 조금씩 움직이는 것만이 겨울이기 때문에

발자국들이 어지러운 밤이기 때문에

지금은 소리 없이 쌓여야 하기 때문에

튀어나온 곳

세상에는 튀어나오지 않은 곳과 튀어나온 곳이 있
는데 아차,
넘어지려는 순간

나는 잠처럼 완전히 흩어지지 못하고
목적지처럼 자꾸 멀어지지 못하고
그저 조금 기울어진 채

이상한 마음으로 생활을 했다.
무언가 어긋난 꿈을 꾸었다.
진지하게 자살을 상상한 뒤에 또
널 만나서 웃었다.

여기서부터 저기까지라면 길이나 부피도 있고
인생이라는 것도 있을 텐데
어째서 이곳은 높이만 존재하는가?

나는 심지어 기울어지지도 않았다.

나는 완전히 세계에 포함된 것이다.

외로운 역사가 시작될 것이다.

드디어 이곳에서

발끝에서

무너지지 않는 각도로

을지로

거리를 걷다가 문득 무릎을 굽혀 하이힐을 고쳐 신
는 여자가
또 다른 세계와 일치하였다.
주위가 무수히 흩어졌다가
모여들었다. 바로 그 순간에

은하계 저편의 제니퍼는 뜨거운 하이힐을 벗어 던
졌다. 나는 제니퍼가
나를 사랑한다고 생각한다. 거의
그렇다고.

새빨간 하이힐 하나가 허공에서 떨어졌다. 태양이
아니고 불안이 아니고 의미도 아닌
그것이 이상해서
나는 물끄러미 바라보았다. 다른 세계에서 급강하
하는
빨간 점 하나를

그 순간 거리의 여자가 허리를 펴고
또박또박 제 갈 길을 갔다.
은하계도 없이
제니퍼도 없이

나는 그것이 옳다고 생각한다.
그것이 세계라고

아침들의 연결

나는 어제 아침에 일어났다가 오늘
아침에 다시 일어났다.
그것이 누가 죽어가는 긴 하루와 흡사하였다.

창밖은 창밖끼리 모두 이어져 있는데
19층의 창문들이 조금씩 다른 창밖을 가지고 있
는데
그것은 내가 여기서 바라보니까 누가 저기서
이쪽을 바라보는 것

바깥인데 거기서는 안인 곳에서 휙
사라지는 사람이 있는 것
어느 날 바라보면 문득
뒤집힌 호주머니처럼

나는 초원 한가운데 놓인 침대에서 깨어났다.
죽은 영양과
영양을 뜯어먹는 하이에나들 사이에서

방을 잃어버리고
어려운 적을 잃어버리고
살과 뼈가 구분되지 않는 곳에서

오늘 아침에는 세상의 창밖들이 모두 이어져서
단 하나뿐이었다.
지금 나에게는
아침들이 끊임없이 이어지는
놀라운 초원이 보인다.

비밀

이봐, 비밀을 말해줄까? 나는 사실 남색이야 외계
인이고 그리스도고 내장이 없지 솔직히 말해서
　태어난 적도 없다.

　나는 신용카드의 비밀번호를 알지만 그건 알 수
없는 전자회로에 카드회사에 결국 달의 뒷면에
　그러니까,

　오늘은 너에게만 말하기로 한다 차가운 진실을.
① 나는 매일 규칙적으로 배가 고프다.
② 나는 어머니와 씹한 적도 있다.
　이 두 문장의 차이를 일생 동안 말해보시오.

　또는
① 너의 성기와 나의 성기는 전혀 다른 구조이다.
② 우리의 죽음은 동일하게 시작되었다.
　이 문장들 속에서 우리는 만나고 헤어지고 그리워
하고 사실은,

신이 우리를 다 사랑해버린 건 아닌가?

무언가 우리를 지불해버리지 않았는가?

비밀이 스르르 사라지는 밤, 달빛이

나를 발견하였다. 나는 사실 남자가 아니고 한국인이 아니고 종암동 성모병원에서 태어났지.

나는 침묵을 했는데 그것은 침묵이 아니고 비밀이 아니고 사실은

미동도 하지 않는다.

초점

어렴풋이 보이는 것들과
어렴풋이 보이지 않는 것들 사이에서
살아갔다.

겨울의 깊이가 맞지 않았다. 나는 열심히
각종 세금을 내고
신문을 읽고
거짓말을 했다.
조금씩 너를 바라보지 않는 것으로
너의 끝까지
닿으려고도.

나는 명료하게 살아갔는데
거울 속의 내가 어딘지 흐릿하였다.
말을 했는데 또
하려던 말과 조금 달랐다.
액수가 맞지 않고
기사마다 오탈자가 있었다.

그것들이 아주 흡사해서
나는 원숭이의 길고 아름다운 팔을 쭉 뻗어서
저기 저 어둠이 아닌 것을 콱!
움켜쥐었다.

네가 거기에 있었다는 것을 생각한다.
나는 안경을 바꾸었다.
사람이 사람을 죽였다고 한다.
더 깊은 곳에서 누가 그것을
살아갔다.

표백

나는 어딘지 몸의 빛깔이 변했는데
내가 많이 거무스름하였다. 끌고 다닐 수가 없어서
잘 표백을 시키고

너무 백색이 된 뒤에는 침묵하였다. 당신이 추측
을 했는데 저것은
그림자에 지나지 않습니다, 아무리 존재해도 허공
을 닮을 뿐입니다, 저런 것을
있다고 할 수 있겠습니까!

나도 나를 의아해하였다. 있다가 점점 보이지 않
는 것이
모든 것에 흡사하다고.
그래도 나에게는 많은 것이 떠오르는데 가령
당신의 키와 면적
다리의 각도
먼 불행의 접근

결국 발바닥이 온몸을 지탱하는 것이다. 발끝은 아니지만 발끝에서 시작되는 것이다. 거울은 아니지만 뒷모습을 드러내는 것이다. 골목이 아니지만 막다른 곳에 이르러 한꺼번에 거대해지는

어둠을 닮은 것으로서
소리라든가 공기라든가 시간과 같이 무섭게 스며들어 고요하다가
갑자기 확대되는 것으로서

나는 천천히 표백되었다. 조금씩 모든 것이 되었다. 당신이 서 있는 바로 그곳에서

2부

내 인생의 책

그것은 내 인생이 적혀 있는 책이었다. 어디서 구입했는지
누가 선물했는지
꿈속의 우체통에서 꺼냈는지

나는 내일의 내가 이미 씌어 있는 것을 보고 그것을 따라
살아갔다.
일을 했다.
드디어 외로워져서

밤마다 색인을 했다. 모든 명사들을 동사들을 부사들을 차례로 건너가서
늙어버린 당신을 만나고
오래되고 난해한 문장에 대해 긴 이야기를

우리가 이것들을 해독하지 못하는 이유는 영영
눈이 내리고 있기 때문

너무 많은 글자가 허공에 겹쳐 있기 때문

당신이 뜻하는 바가 무한히 늘어나는 것을 지옥이
라고 불렀다. 수만 명이 겹쳐 써서 새까만 표지 같은
것을 당신이라고
  당신의 표정
  당신의 농담
  당신이 나를 바라보는 이상한 꿈을 지나서

페이지를 열 때마다 닫히는 것이 있었다. 어떤 문
장에서도 꺼내어지지 않는 것이 있었다. 당신은 토
씨 하나 덧붙일 수 없도록 완성되었지만
  눈 내리는 밤이란 목차가 없고
  제목이 없고
  결론은 사라진

나는 혼자 서가에 꽂혀 있었다. 누가 골목에 내놓
았는지

꿈속의 우체통에 버렸는지
눈송이 하나가 내리다가 멈춘
딱
한 문장에서

신발을 신는 일

나에게는 햇빛을 가리던 손차양과
손등에 고였다가 사라진 햇빛 같은 것이 있었는데

손가락을 신발 뒤축에 넣어 잘 신고
발끝을 탁탁 바닥에 부딪쳐도 보고
제대로 신었구나,
생각하는 것인데

아직 신발 속에 무엇이 있다.
자꾸 커지는 무엇이.
나와 함께 이동하는
내가 아닌
전 세계를 콕콕
찌르는

뾰족한 돌인가? 죽은 친구일 거야. 적이다. 아니
내가 한 말인가.

우리는 함께 걸어 다녔다.
그것은 이물질이었다가
나의 주인이었다가
차가운 생활이 되었다.

나는 아무렇지도 않게 잘 자고 잘 걸어 다니고 낯
선 사람들을 잘 만났는데 드디어
손가락을 들어 어디를 가리켰다. 목적지인가? 옛
사랑인가? 오늘의 약속이라든가 사망시각
어쩌면
한 걸음 떨어진 곳

나는 그리로 걸어갔다.
그런데 왜 당신은 다리를 저십니까?
길에서 누가 물어왔다.
그의 눈과 코와 입이 영
보이지 않았다.

전봇대 뒤의 세계

호기심의 끝에 있는 것.
킁킁거리는 코와
전봇대의 깊이 너머에.

거기서 자꾸 달아나는 중인 것.
냄새가 없는
내일이 없는
옷자락이나 신발 끝과 흡사한.

우리는 오래전에 술래잡기를 한 적이 있다.
꼭꼭 숨어라. 머리카락 보인다.
머리카락 보인다.
머리카락……

점점 무성해지는 머리카락 속에
밤의 전봇대 뒤에
누가 계속 숨어 있다.
개의 목줄을 쥔 채

개에게서 숨으려는 사람처럼
점점 커지는 머리통을 감추고

오랜 시간이 지난 뒤
우리는 저녁 무렵에 가만히 내어다본다.
숨어 있던 사람이 아직도 숨어 있는
적막한 골목을.
거대한 머리통이 아직도 자라고 있는
밤의 전봇대 쪽을.
의혹에 가득 찬 눈으로.

택시에 두고 내렸다

뒤늦게 나는
다른 세계를 깨달았다.
방금 지나온 세계를.

그 세계에도 너라든가
너에게서 먼 곳 같은 것이 있을 텐데
깃털도 있고
깃털이 있으니 새도 있고
저녁의 하늘 쪽으로 쓰윽
사라져버리는 것이 있을 텐데

그러니까 그건 두고 내린 휴대전화인가.
지갑인가.
죽은 사람인가.

나는 만취한 채 택시를 타지도 않았다.
분실물 보관소가 어디 있는지 알 게 뭐야. 후회라
니 그런 건,

개에게나 줘버려! 그 순간 불현듯,

나는 어둠이 매일 온다는 걸 처음 깨달은 사람이
되었다.
다른 하늘의 새 떼를 깨달은 사람이.
내가 없는 너의 하루를
가만히 수긍한 사람이.

차갑고 뒤늦은 곳에서 무엇인가 나를 불렀다.
목이 돌아가지 않는 곳에서
목소리만이 들려오는 곳에서

개폐

오후 두 시의 그림자를 열고 네게 도착하였다.
지갑을 열고 지금 이곳의 태양을 쏟아냈다.
손바닥을 닫은 뒤에
죽은 이의 사진 속으로 들어갔다.
중국어를 들었다.

잠을 잠그고
베이징을 열고
낯선 이름을 대며 인사를.
니하오,
날개가 돋는 중국의 새들을 바라보면서.

나는 가능하다는 표정을 지었다.
너에게 폐쇄된 너의 뒷모습을 사랑하였다.
거울 속에서도
공사 현장에서도
그것을 열기 위해 애쓰는 사람들을.

혼자 물끄러미 손을 넣어보는 시간이 있다.
수긍할 수 없을 때가 있다.
누군가 중국어로 안타깝다 안타깝다,
라고 말한 뒤에
캄캄하게 나를 쾅,
닫아버렸다.

중국의 새들이 날아오르는 하늘과
손바닥으로 만든 차양과
가난한 햇살 아래
그림자를 열고 들어갔다.
새들이 나를 닫을 때까지
살아 있었다.

괄호처럼

(무언가를 보고 있었는데
아무것도 보고 있지 않았다.
내가 거기서 너와 함께 살아온 것 같았다.
텅 빈 눈동자와 비슷하게
열고
닫고

저 너머로 달아나는 너를 뒤쫓는 꿈
내 안에서 살해하고 깊이 묻는 꿈
그리고 누가 조용히 커튼을 내린다.
그것은 흡,
내가 삼킬 수 있는 모든 것

오늘의 식사를 위해 입을 벌리고
다 씹은 뒤에 그것을 닫고
그 이후 배 속에서 일어나는 일
몸에 창문을 만들지 않아도 가능한 일
블라인드를 올리지 않아도

길을 걷다가 조금씩 숨이 막힐 것이다.
발을 헛짚어 푹,
꺼지는 구덩이가 되어
이제 모든 것이 너를 포함할 것이다.
가만히 제 눈꺼풀을 열어보는 사람이 되어
무서운 어둠을 얻을 것이다.

이것이 우리의 끝은 아니기 때문에
나는 너의 모든 것을 품고 싶은 것이다.
커다란 기념 수건으로
잠든 네 입을 꼼꼼히 틀어막는
이 기나긴 시간처럼)

필연

나는 야위어가면서
이상한 모양을 하고 있었다.
무엇이든 필연이라고 생각하려 노력했다.
반드시 이루어지는 그것을 애인이라고
생일이라고

신문사에 편지를 쓰고 매일 실망을 했다.
고체가 액체로
액체가 에테르로 변하는 세계를 사랑하였다.
강물이 무너지고
돌이 흘러갈 때까지

사랑을 합니다,라고 적고
밤과 수수께끼라고 읽었다.
최후라고 읽었다.
토성에는
토성의 필연이 있다고
칼끝이 우연히 고독해진 것은 아니라고

그런 밤에는 인기척이 툭,
떨어졌다.
누가 지금 막 내 곁에 태어났다는 듯이.
마침내 이 세계에 도착했다는 듯이.
오래전에 자신을 떠나
검디검은 우주 공간을 지나온 별빛의 모습으로.

뭐라 말할 수 없는 모양으로 누워 있는데
누군가 하늘 저편의 검은 공간을
내 이름으로 불렀다.

종말론사무소의 일상 업무

종말론사무소에는 아침이 오지 않다.
　　　　생일에
　　　　　　　　　　　촛불이 꺼지다.
오래전에 죽은 사람들이 서기로 일하고
　　　　　　　　　　　　서기들은 누구나
캄캄한 글씨체를 갖다.
　　　　　문장들은 뒤돌아보는 사람에게만 보이다.
지금은 언제나
　　　　　　　　　　　　최후의 2초 전,
태풍의 눈을 닮아가는 저녁에
　　　　　　　　　　내일의 약속이 없어지다.
최초로―
　　　　라고 서기는 적다.
　　　　　　한쪽뿐인 눈알로 서기는
　　　　　　　　　　　　편지를 보내다.
　　　　　　　　　뜨거운 사랑을 고백하다.
이별의
　　　어느 먼 후일로서.

출근한 뒤에는
　　　퇴근하고 퇴근한 뒤에는
　　　　　　　　　　　잊다.
다른 아침으로부터 다른 안건들이 도착하다.
　　　끝나지 않는 것은 너무 쉬운 것이 아닌가?
　　　　　사무실의 어둠 속에 홀로 앉아 서기는

울다.
　　　그때 창밖에는 눈이 내리고
　　　　　　　　　　한 시인은 지나가고
기억할 만한 지나침
이라고 생각하다.

　　　　　그리고 나는 우연히 그곳을 지나게 되었다.
　　나는 그 사내를 어리석은 자라고 생각하지 않는다.

* 종말론사무소의 일상 업무: 김항.
** 기억할 만한 지나침: 기형도.

51

깜빡임

네가 없는 듯하다가 거기
처음부터 있었다고 느끼지.
보이다가 무수히
보이지 않는

너는 골목 모퉁이를 돌아서 깜빡
사라졌구나.
내가 없는 곳에서 문득
태어났구나.
다른 사람이 되었다.
그건 방금 일어난 일.

눈꺼풀이 파르르
떨리는 중이지. 어둠이었다가
순식간에 동이 트는 세계.
잠깐 뒷모습을 놓쳤다가
다시 만나지 못하는.
갑자기 시들어버린 공기를 이해하고

죽은 이의 목소리를 듣는.

밤이 오면 천천히 눈을 감았다.
여기서 네가 살고 있구나.
깜빡임도 없이.
내 인생의 가장
가까운 곳에서.

은행에서의 다다이즘

그 사람은 총을 쥐고 은행에 들어갔다. 주민등록
증을 가지고
번호표를 뽑고
성실하게

총을 난사하고
고독에 대한 견해를 밝히고
태어나기 이전을 상기하고
자꾸 고백했다.
은행에서

슬픔에 빠진 마임배우는 어디까지
희미해지나.
창구를 향해 가늘고 긴 팔을 내뻗는 이 사람은.
떨리는 손끝에서 흩어지는 총알들은.

오늘은 죽은 사람의 세금을 납부하고
지급할 만한 외로움을 산출하고

막 깨어난 얼굴로
폭탄선언을

나는 65%나 자살합니다!
나는 내일 또 태어나고
나는 점점 더 채무에 시달리고
나는 유언을 할 수 있습니다!
은행에서

직원이 친절하게
나갈 곳을 알려주었다.
그 사람은 신중한 표정으로
총을 난사하며
조금 더 깊은
의심에 차서

* 나는 65%나 자살한다: 트리스탄 차라.

交叉路

빙글
　한 번 몸을 돌리면 모든 게 바뀐다. 그것은 신비로
운 일. 저쪽 길에서 보면 이쪽이
　감쪽같이 사라지는

　하지만 저것을 지에스이십오라고 현대안경점이라
고 어름있음이라고
　똑같이 읽을 수 있는 우리는 누구인가? 가운데 점
이 있는 저 한자는 뭐라고 읽나?

　여기는 껌 딱지처럼 천천히 뭉개지는 것들이 있고
　흰 선으로 그려진 시신의 모양이 있고
　이봐,
　처음 보는 사람이 나를 불렀다.
　아, 잘못 봤네. 뒷모습이 비슷해.

　나는 껌 딱지의 자리에 서서 사방을 둘러보았다.
　시신의 자리에 서서

누가 또 나 아닌 사람을 찾고 있는 자리에 서서

새와 고양이와 직장동료를 한꺼번에 떠올리는 것
여기는 일종의 바닥에 가까운데
그러나 방향을 지니는 것인데
방향이라면 어느 쪽?

위를 보면 검은 하늘
옆으로
자꾸 옆으로 누우면
같은 자세의 당신이 보일 것 같은

야간근무자

문이 열리자 당신이 들어오고
난데없이 두터운 외투를 입고
난데없이 북극으로부터
난데없이 인간이 아닌
동물이 아닌
뜨거운 물건이 되어서
당신이 들어오고

끓는 주전자
증발하는 고독
잠과 생시가 뒤섞이고
안과 바깥이 뒤집히고
아는 사람이 모르는 사람이 되고

야간근무자는 더 이상 참을 수 없어졌다.
출입하는 모든 것들을 의심한 뒤에
방명록의 기록을 정정했다.
식물들의 무서운 밤을

상근직원들의 춘하추동을
사후의 쓸쓸함을

야간근무자는 세상의 공공장소들을 이해하게 되
었다고
당신들의 모든 악습을 느끼게 되었다고
국기게양식을 난민수용소를 우범지대를 납골당을
깨닫게 되었다고

불타는 손으로
전화를 걸었다.
사랑하는 가족들에게
이미 퇴근한 직원들에게
잠든 관료들에게
더 이상 망설일 것이 없는
임종의 얼굴로

영숙의 독심술

내가 아는 한 영숙은
마음을 읽고 싶지 않았다. 손님이라든가
내리는 눈의 마음을.
자기 자신을.
단 한 글자도.
그것이 영숙의 힘.

영숙의 옷가게에는 이 사람 저 사람에게
잘 어울리는 색깔들이 있지만
색깔들은 배경과 연결되어 있지만
누가 이해할 것인가?
모든 것이 순식간에 배경이 되는 곳을.
생각이 있다가
사라지는 순간을.

손님들은 행인이 되어 떠나갔다.
하지만 영숙은 슬픔이라는 것을 모르는 세계.
신촌에서도 이대 앞에서도

영원한 배경을 이해했다는 뜻일까?
손님이란 창세기에도 종생기에도
존재하지 않았다는 뜻일까?
죽은 사람들의 취향은
대체 어디로?

행인들 가운데서 손님이 불쑥 태어나는 순간을
영숙은 사랑하였다.
오늘의 신비는 나에게도
살아야 할 계절이 있다는 것
영숙에게
모든 것을 고백하고 싶다는 것

나는 영숙의 세계로 들어가서 조금씩
조금씩
영숙에 동화되었다.
무한한 배경에서 불쑥
정확한 말을 내뱉는 영숙에

화사한 색채로 나를 물들이는 영숙에

곰곰이 눈 내리는

우리의 먼 배경으로부터

3부

샌드 페인팅

나는 생각한다, 고로
존재하지 않을 것이다.
특히 저녁에는.

소년은 날카로운 쇠못으로 자동차의 표면을 긁으
며 걸어가고
가늘고 긴 선이 대안으로 건너가 교각을 이루고
교각이 무너지자 보고 싶은 얼굴이 자라고
얼굴이 무너져 황혼의 지평선으로

모든 것이 점으로 이루어져 있는 것을
사막이라고 부른다.
밤거리에 혼자 서 있는 사람이
모든 것에 동의하는 중이다.

어디 안 보이는 곳에서 모래가 집요하게
나를 생각하고 있다.

영원회귀

우리가 어디서 보았더라? 또 다른 얼굴로.
조금 더 어려운 곳에서.
견딜 수 없이.

술을 한잔할까.
뼈부터 녹아갈까.
우리에게 가능한 농담의 종류는 몇 개?
호주머니 속의 불안은?
어제 꿈에는 누가 죽었나?

아 그래서 내 입술이 개 입술에 닿았는데
입술만을 기억하는 거대한 입술이 되었는데
입술들은 무한하고
서로 닮았지만

자살한 사람들은 누구나
아직 자살하지 않은 사람들이었지.
어느 휴일의 잠에서 깨어 어리둥절하던.
나는 그게 이상해서 중얼거려.

조금씩 돌아와달라고.
농담처럼.
잠처럼.
가능한 한 단순해져서.

하지만 마주 앉은 네 얼굴은 또 먼 데 있구나.
그것이 인체의 골격.
나와 비슷하게
커다란 눈구멍이 뚫려 있는.

술집을 나오자 비가 내렸다.
나는 우산이 없어서
유한한 빗방울들을 세었다.
아흔하나 열둘 일흔일곱 백구십팔……

네가 화를 냈다.
나는 미안하다고 말했다.
언젠가와는 또 다른 느낌으로.

승강기

희고 신선한 냉장고가 올라가는 곳에서
녹슨 냉장고가 스르르 내려오는 곳까지

아가씨와 맥주와 양념치킨과 모자를 눌러 쓴 배달
원 그리고
등 뒤에 감춘 것

여기서 우리가 매우 밀접해지는군요.
목덜미에 점이 있구나.
냄새가 이상해.

순환하는 별들과
뜻밖의 기상 현상과
송전탑의 고장 그리고 우리는 문득

허공에 정지했다.
이토록 깊은 어둠 속에서 가까워졌는데도 마침내
쿵쾅거리는 위층으로

주차장으로
십 년 후로

연인이 키스를 하며 올라갔기 때문에
노인은 혼자 거울을 보며 내려왔다.
옷매무새를 잘 고치고
흰 머릿결은 한쪽으로.

냉동실에서 아이스크림을 꺼내는
위층 아래층으로 이어진
환한
밤의 손목들을 지나

양치기의 삶

우리는 벌써 다 컸다. 사랑스러운 동물들과 함께.
우리는 내내 같은 도시에 살면서 웃고
울고
결국
본능이 무언지 알게 되었다. 공포가 무언지
바스락거리는 저것이 무언지

우리에게는 풀리지 않는 의문이 있다. 늑대는 대
체 어디서 나타나는 것일까?
아홉 개의 꼬리를 가진 여우도 아니고
만우절의 소방서도 아니고
희고 작은 아기들의 목덜미도 아닌데
왜 하필이면 늑대일까?
왜 하필이면 늑대는
나타날까?

양이라든가 염소는 본 적도 없다. 늑대가 나타났
다고 매일 밤 외치면서

거의 인간에 가까워졌다.
젖을 짜고
신문을 읽고
가을밤의 설거지를 하면서

그 크고 싱싱한 이빨에 여전히
목을 물린 채

밤에는 역설

당신을 잊자마자 당신을 이해했어.
닫혀 있기 때문에 들어가고 싶은 문 앞에서.
뜨거워져서 점점 더 뜨거워져서
드디어 얼어붙을 것 같았는데. 이봐,
노력하면 조금씩 불가능해진다.
바쁘고 외로운 식탁에서 우리는
만났으므로 헤어진 연인들처럼.
당신을 알지 못해서 당신에 대해
그토록 많은 말을 했구나.
어려운 책을 읽기 때문에 점점
단순한 식물이 되어서.
해맑아서
잔인한 아이처럼.
다시 반복하고 싶지 않으니까
새벽마다 또 눈을 뜨네.
내가 조용한 가구를 닮아갈 때
그건 방 안이 아니라 모든 곳,
거기서

당신이 나타났다.

밤이라서 너무 환한 거리에서.

바로 그 눈 코 입으로.

손톱 바다

손톱이 끝까지 자라는 세계를
나의 가장 먼 곳에서 기다렸다.
규칙적인 생활과 함께.
캄캄한 하수도라든가 또
먼바다에서.

나는 자주 신념을 잃어버렸다.
열 개의 사례들 가운데 꼭
모자라는 것이 있었다. 말하자면
다 가리킬 수 없는 것이 있다는 듯이
꼭 찾아낼 것이 있다는 듯이

나는 손톱을 기르고 또
길렀다.
나를 중지하고
적이 완성될 때까지
길고 구불구불하여
뾰족할 때까지

너무 환한 곳에서 드디어
툭,
까마득한 어둠을 향해 떨어지는 것이 그의 운명.
할퀴고 싶은,
핥고 싶은,
그것은 먼바다의 해일이 시작되는 순간.

그가 막 외로운 밤바다에 도착하였다.
잘 손질된 생선과
음료수의 가까운 곳에.
그곳에서 태어나 영원히 출렁이는
검은 수평선으로서.

이제 바닥에 긴 몸을 붙이고 잠을 자려
는 욕망 외에 다른 어떤 것으로도 존재
하지 않는 개에 대하여

　그런 개에 대하여

　내가 수동적이라고 생각하지 않는다.
　지워지고 있다고 믿지 않는다.

　개에 대하여
　개에 대하여

　커다란 양은그릇에 담겨 있는 소시지와 나물과 흰
밥이 하나의
　동일한
　이름 붙일 수 없는 것이 되어가는 세계에서

　내가 개를 부르지 않고 개가 나를 향해 짖지 않고
나는 개의 기다란 혓바닥이 되고 개는 나를 호흡하는
　이토록 긴 영원 속에서
　대격전 속에서

우리는 전 세계에 가까워질 것이다.
무섭게 너그러워질 것이다.

나는 여전히 석양에 연루된 것으로서
개의 꿈이 아닌 것으로서
저기 저 지구 바깥을 돌고 있는 행성으로서
여전히 피투성이로서

개에 대하여
개에 대하여

가면을 쓴 아이가

가면을 쓴 아이가 뛰어갔지.
아니 어른인지도 모르고
사람이 아닌지도 몰라.
눈 코 입은 있나?

나는 아직도 당신의 이목구비를 말투를 걷는 모
습을
좋아한다고 믿는다.
당신의 오장육부를
당신의 기생충을
당신의 악몽을 상상할 수 없기 때문에
어쩔 수 없는 위치들이 있기 때문에

그것은 다다다 달리는 아이의 두 발 사이 같은 것
발가락들의 방향 같은 것
거리에서 툭 튀어나오는 혼잣말처럼
정확한 것

당신은 나를 뒤집어쓴 것이 아니다.
울고 있는 인형이 아니다.
웃고 있는 악령이 아니다.

아이가 뛰어가다가 문득
정지했지.
이쪽을 바라보면서 천천히
얼굴을 벗었어.
아주 깊고 오래된
가면을 쓴 아이가

조용한 의자를 닮은 밤하늘

가을이라서 그럴까? 나는
의자를 잊은 채
의자에 오래 앉아 있었다.
잠을 완전히 잊은 뒤에
잠에 도착한 사람 같았다.
거기는 아이가 아이를 잃어버리는 순간들이
낙엽처럼 쌓여 있는 곳

우산도 잃어버리고 공책도 잃어버렸기 때문에
나는 잃어버린 물건들에서 점점
멀어지는 순간을 살아갔다.
숲 속은 잃어버린 나무 같은 게 없는 곳인데
푸른 하늘과 검은 우주가
같은 곳인데

조금씩 다른 빗방울들이 떨어져서
나는 새로 산 우산을 펴 들었다.
그것이 잃어버린 우산과 같지 않았다.

빗방울들이 모두 달랐다.
이 비 그치고

지금 당신이 바라보고 있는 밤하늘을 내가 바라
보자
거기 어딘가의 별들 가운데
깊은 자리가 하나 비어 있었다.

조용한 의자를 닮은
그런 밤하늘이라고 중얼거렸다.

월인천강

지도에는 뒤돌아볼 곳이 없어. 거대한 시선으로
가득해서.
쏟아지는 달빛처럼
밤처럼

우리는 출발하기 전에 거기
도착해 있었지.
밤의 수면에 떠오르는 부유물들
부풀어 오른 손가락들
아직 피사체가 지워지지 않은 눈동자

우리는 강변도로를 달렸다.
별들이 가리키는 곳이 없네.
구름이 어디를 바라보지 않았어.
움직이면서 움직이지 않는 달빛
수천 개의 손가락 아래

표지판이 맹세 중이다. 저쪽으로 가면 저것이 있

고 이쪽으로 가면 이것이 있습니다 그리고

우리는 언제부터 언제까지
어디서부터 어디까지
누구에게서 누구까지 마침내
존재하려고 했다.

제한속도를 넘어서
천 개의 강을 지나서

대답하는 사람

당신은 자꾸 대답을 한다. 그래서? 라고 하면
아, 그래서……라고.
뭐?
응.
그렇게.

내가 하지 않은 질문이 조금씩 부풀어서
이상한 모양이 되었는데 그것은
커다랗게 벌어진 아가리의 모습.
나도 모르게

당신은 어제와 다른 표정. 당신은 오늘따라 헤어
스타일이 어색한 사람. 당신은 십 년 후의 횡단보도
를 급히 건너네.

대답하는 사람으로서 당신은 매 순간 나를 집어삼
킨다. 캄캄한 목구멍으로. 손을 뻗어도 닿지 않는 곳
으로. 멀어지는 메아리와 함께.

당신의 입속에서 나는 막 다시 태어났는데
그러니까……라고 말하자
정말?
이라고.

나는 방금 당신에게 떠오른 생각. 당신은 뒤척이
는 새벽의 몸. 당신은 교차로의 횡단보도에서 쿵
　허공에 떠오르는 십 년 후의 자정.

　거기서 누가
　조용히 나를 바라보았다. 중국 사람인 것도 같고
멕시코 사람인 것도 같았다. 나를 극구 거절하면서
　영영 사랑하는 것도 같아서
　그것이 슬퍼서

　나는 당신을 마주 보았다. 당신이 스르르 입을 벌
렸다. 가늘고 뾰족한

뜨거운

혓바닥이 돋아났다.

4부

근린공원

개들의 달리기가 개를 완성하겠습니까.
나무의 흔들림이 나무를 증명하겠습니까.
번지는 황혼이 이 저녁을

놀이가 놀이터를 정복하지 못하고
우는 일을 아이가 정복하지 못하고
부부 생활이 부부를 정복하지 못합니다.

그래서 점점 불안해지는 것일까요?
그림자에 수갑을 채우듯이?
넘치는 허공에 총부리를 들이대는 사람처럼?

저는 그늘에 잠겨가는 사람입니다만
망명 중인 사람입니다만
눈을 감으면 거대한 독립국이 태어납니다만

아무래도 정복되지 않는
황혼의 실무자입니다만

유물론자의 거울

오늘 누가 당신의 집에서
출근을 한다면

그의 이목구비와 헤어스타일과 다소 비싸게 주고
산 양복이 참
그럴듯하다면

거리의 쇼윈도에서도 만나고 취한 친구의 욕설이
라든가 악몽 속에서 본 그 사람이
조금씩 비슷한
바로 그 사람이라면

그런데 그 사람이 어째서 이 사람인가 자꾸 의아
해진다면
드디어 오늘 처음 보는 사람이라면

아, 넥타이가 삐뚤어졌다.
귓불이 늘어졌네.

옆모습이 이상해.

어디를 갔다가
돌아왔다가
또 어디를 가려다가 멈춘 뒤 멍하니
당신을 바라본다면
당신과 눈이 마주친다면

당신이 잠든 새벽에 누가 이쪽을 바라보면서
영정처럼
그렇게 캄캄하고 깊은 눈을 뜨고 있다면

사려 깊은 여성들

어느 날 나는 사려 깊은 여성이 되어서
매니큐어를 칠했다.
페디큐어까지

나는 한 번도 여성이 된다는 것에 대해 생각해본
적이 없어서
외로워졌다.

뾰족한 하이힐을 신고 달리기를 했다.
찰랑이는 머리카락이 없고
생리도 없지만

나는 거대한 인간이 되어가고 있었다.
나는 벌레가 되었다가
무한한 계절들과
생각할수록 무서운 대화가 되었다가

이윽고 말하지 않아도 좋았다.

두려워하지 않아도 좋았다.
나는 또각또각
사려 깊은 여성이 되어서

정말 사려 깊은
그런 여성이 되어서

유엔안보리

유엔안보리 유엔안보리라고 자꾸 중얼거리게 된 사람이
왜 유엔안보리
유엔안보리라고 중얼거리는지 자신도 알 수 없어서

실은 그것이 좌우명도 아닌데
사랑도 아니고
점심식사 메뉴도 아니고
실은 복통이다.

그냥 지나가는 통증이 아니고
영영 떠난 연인이 아니고
뜨거운 북극도 아닌

유엔안보리라고 또
그 사람은 쓸쓸히 중얼거렸다.
어느 날은 그것이 엑스레이로 보이고

지금 유엔안보리를 떼어놓을 수 없어서 그 사람은
자신이 왜 이 캄캄한 구멍에 빠졌는지를
곰곰이 생각하였다.

이 모든 것은 나의 이야기였는데
나는 너다,
라고 황지우가 말했다.

유리컵을 던질 때

유리컵을 던질 때
사람에게는 얼마나 많은 힘이 필요한가.

필요한가?

너는 언제든 네가 아닐 수 있고
순식간에 무수한 파편으로 변할 수 있고
아주 조용하다가 문득
경악의 밤.

누구에게나
산산이 깨진 뒤는 처음일 것이다.
어떤 기분이 날 담고 있었지? 그것만이 유일한
친밀한
모양이라는 듯이.
모든 게 끝난 뒤 멍한 표정을 되비추는 창문 너머,
저기가

바깥인가?

수평선이었다가 구름이었다가 점점이

　　　　　　　　　　　떨어져 내리는 빗방울들
언제나 맨 끝에서
　　　　　　바깥에서
　　　　　　　　　첨단에서
　　　　박살나는 것들

지금 너에게는 안도 바깥도 없다. 실은 처음도
　　　　　　끝도
쏟아지는 물에게 그런 게 있을 리가

유리컵을 잡은 네 손이 천천히 유리컵이 되어갔다.
　　　　　　　천천히 굳어갔다.
　　　　너는 있는 힘껏 손을 던졌다.

뜨거운 손가락들이 깨지는 힘으로
　　　　아무것도 가리키지 않는 힘으로
　　　　　　　　　　어디 빗방울들이 후드득
떨어
　　　　졌

식물의 그림자처럼

이게 누구의 팔인가.
잘 자란다.

조금씩 움직이는 손끝을 만들고
외로운 흔들림을 만들고
무섭게 무성해지는 것

행인 1을 안 보이는 손아귀로 휘감고
행인 2의 혼잣말과 비슷해졌다가
막 도착한 행인 3의 무심한 얼굴빛이 되는 것
어둠을 켰다가 깜빡
끄는 것

우리는 움직이지 않고도
벌레처럼 상상력이 깊다.
무한한 친구와 무한한 적이 동일하다.
평면과 깊이가 일치한다.
그것이 우리의 정의

저녁이 올 때마다 그대는
우리가 사라지고 있다는 연락을 받을 것이다.
사투 중이라고 들을 것이다.
무심할 것이다.

여기는 조금씩 지상과 일치하고
길과 길 아닌 것을 구분하지 않고
누워 있기 좋은 곳
그대는 우리를 밟고 지나가겠지만

우리는 우리의 무한한 친구가 되어간다.
우리의 무한한 적에 도달한다.
이 모든 것은 그늘이
무섭게 깊어가는 이야기
이윽고 완전한
밤의 이야기

천국보다 낯선

더 나쁘게 말할 수 있다. 나에 대해서. 천국에 대
해서. 백화점에 대해서.
그건 너무 쉬워서

너무 쉬워서
에스컬레이터의 안정된 속도로 하강하는 것이 가
능하다.
적절한 높이의 계절이 가능하다. 5층에서는 남성
용 여름을
3층에서는 여성용 겨울을
옥상에서는 누가 저 아래를 까마득히 바라보고

형이상학은 지하에서만 가능하다. 커다란 목소리
로, 애인을 향하여,
천국이 지옥을 만들었다고!
당신이 나의 천국이라고!
외쳤다,
백화점에서.

서로를 완전히 이해하면서도

좋아할 수 있어? 팔짱을 낀 채

선과 악이 사라진 통로를 우리는 걸어가고

마음에 드는 것과 안 드는 것 사이에서 점점 격렬

해지고

드디어 도달했다,

죽은 뒤의 계절에.

구름과 밤의 점원이

우리를 불렀다.

아주 친절하게.

천국보다 낯선 목소리로.

그건 너무 쉬워서.

박스

어제는 육면체에 가까웠고 또
들여다볼 수 없었지.
오늘은 뜻밖의 곳에서
뜻밖의 것들이 튀어나온다.
두더지의 머리라든가
누군가의 손에 들린 피 묻은 망치 그리고
툭,
어깨에 떨어지는 빗방울 같은 것
칼끝 같은 것

당신은 상자 속을 걸어갔네.
큰 것과 작은 것이 들어 있는 거리를
흔들어도 소리가 들리지 않는 골목을
상자 밖에서 드디어
누군가 당신을 부르는 순간을

헤이,
사람들은 모두 등 뒤를 가졌지.

여긴 공기가 희박해.
한 문장보다 외로워.
지금 나는 당신의 바깥에 있나 당신이
나의 캄캄한 내부에 있나.

끝까지 포기한 사람이
망치를 들고 다가왔다.
당신이 막
상자에서 머리를 내미는 순간
툭,
떨어지는 빗방울처럼

물질적인 생년월일

부고란에서 내 이름을 보고
장례를 치른 뒤
생일을 맞이했다. 축하한다고
즐거운 일들이 많았다고
목청껏 외치는 사람들에게 인사를

아침식사를 하고 기도를 하고 출근을 했는데
시장이 나빠졌다고 한다.
내가 실직했다고 한다.
그 후로도 오랫동안

나는 또 태어나려고 했다.
잠자코 귀를 기울였다.
누가 농담을 했는데
그건 미래의 나와 내 부활에 대한 것.
꽤 정확한 악담을 뒤섞어서.
이건 그림자 같다는 둥
도마뱀 같다는 둥

나는 캘리포니아 같은 데서 조깅을 했다.
중국에서 중국인으로 살아갔다.
나이로비의 거리에서 조용한 성격이었다.
어디서나 돈이 부족했지만
꼬리는 없어서 자르지 못했다.

나는 나도 모르게
아주 가까운 데서 당신과 대화를 나누었다.
조금 더 먼 데서 개죽음을 당했다.
하지만 아직 태어나지 않은 것처럼
사람들이 바라보지 않을 때
꿈틀,

기필코 움직이는 것.
나는 방금 또 죽어갔기 때문에
당신으로부터 축하를
진심 어린 축하를

구원

앞의 자동차와 뒤의 자동차를 위의
자동차와 아래의 자동차라고 한다면 위와
까마득한 아래의 사이에서

신성한 아이가 태어나겠지.
구름이라든가
동방박사들의 세계에서

나는 여전히 어딘가에 도착하고 떠나고 다시
도착했는데
실은 그것이 나의 모든 것

이윽고 교차로라든가 대기권 또는 지하의 제8옥
에서
감사합니다,
이 씨발놈아, 깜빡이도 안 켜고

지구가 보이는 백미러 속에서 오래

살아갔다.

거울은 거울 속의 거울들을 어디까지 비출 수 있나?

갈릴리가 미아리를 미아리가 갈릴리를 갈릴리
가……

급회전 구간을

광야는 점점 광대해지는 것,

친구들은 아무도 부활하지 않았다.

최신 음악을 들으며 누가

기도를,

기도를,

부디,

중얼거렸다.

위험구역

내가 밟고 서 있는 곳이 확,
꺼지지 않았지.
드디어 전쟁은 일어나지 않았네.
저 돌은 언제 떨어지나?
그림자처럼 자꾸
뒤따라오는 것이 있다.
여분의 심장을 갖고 다녀서 저 남자는
가방이 저렇게 불룩한가.
아내는 냉장고에 보관하고
침대에 누운 채로 홀연
맨홀에 빠지는 시간.
내 손은 언제나 감염되기 직전이지만
너에게 결정적인 악수를 청한다.
밤하늘 저편에서 아직
오늘을 향해 날아오는 것이 있다.
그것을 종말이라고도
아침식사라고도
이름 붙일 수 있겠지만.

나는 방금 잠든 나의 표정을 내려다보았다.
유리처럼 깨져 쏟아지는 밤하늘 아래
유리처럼 투명한
이 최후의 얼굴을.

기린과
기린이 아닌 모든 것의
사이에서

나는 목이 긴 기린을 꺼냅니다. 호주머니에서가 아
니고
당신과 마시던 술잔이라든가 휴대전화에서가 아
니고
명백한
초원에서

기린은 기린인 것을 증명하지 않습니다. 이 도시
의 골목들을 거닐 뿐
담장 바깥으로 넘어온 나무줄기를 느리게 씹으며
기린과
기린이 아닌 모든 것의
사이를

나는 조금씩 키가 자라고
길어진 목으로 출근을 하고
서서 낮잠을 자고 저녁에는
해 지는 강변에 가만히 서 있습니다.

기린과
기린이 아닌 모든 것의 사이에

이런 세계가 있다는 것을 믿을 수가 없습니다. 이
윽고
당신이 나를 꺼냅니다. 주섬주섬 호주머니에서
초원에서
내가 아닌 모든 것과
나의
명백한 사이에서

밤으로의 긴 여로

정류장에서 길을 잃어버렸어. 언제나
정류장에서.
확신하는 곳에서.

응, 가고 있어.
가고 있다구.
아니, 가고 있다니까!

새벽의 잠 속에 발을 두고 왔어. 머리카락이 지하
로 뻗어가네. 방향이란 언제나

미친 듯이 흩어지는 것이니까.
집이 돋아나고 도로가 부풀어 오르고 무서운 속
도로
아이들이 죽어가고

가고 있어. 가고 있다구. 가고 있다니까……

나는 잠시 후 다른 나라에 내릴 것 같아.
난민처럼.
외계인처럼.

움직이지 않는 사람들은
언젠가 움직이는 사람들이었지만
전생이 아니고 잡념이 아니고
잠 속의 발은 어디에

나는 머리카락이 자라는 사람으로서
유일한 위치를 가진 사람으로서
저기 저 버스가 스르르 정차할 정류장에서
아무래도 멈추지 않고

5부

영원한 증인

증인은 사건보다 먼저 태어났다. 골목 어귀에서

제가 그것을 보았어요. 어둠 속에서 발생한 그것을. 당신이 잊으려는 바로 그것을. 모든 것이 면식범의 소행이기 때문에

저는 영원히 그 골목에서 살아가는 사람. 자꾸 나타나는 사람. 어쩐지 옆모습이 닮은 사람. 소멸되지 않는

밤하늘은 우주라기보다는 구두에 가깝다네. 뚜벅뚜벅, 당신을 거기서 본 적이 있어요. 뚜벅뚜벅, 우리는 서로 아는 사람이에요. 뚜벅뚜벅,

증인들은 자꾸 아름다워집니다. 내리는 눈송이들의 궤적을 다 기억합니다. 오늘도 당신의 골목 어귀에서 뚜벅뚜벅, 그날의 밤하늘이 시작되었다.

동물사전

움직이는 것에 대해서라면 거기 있다가
거기 있지 않은 것
하지만 거기서 여전히
거기까지인 것

이동하는 것들에게는 아흔아홉 개의 촉수라든가
내 것이 아닌 의지
그리고 적절한 분포

너와 헤어진 후 나는 움직이지 않았지. 거기서
태양의 주위를 어지럽게 돌고 있었을 뿐.
360도로 고개가 빙 돌아가는
인형처럼

아침에는 여기 있다가 점심에는 여기 없고 저녁에
는 또
그리워하는 것은 무엇인가?
여기서 끝내

먼 곳까지인 것은?

그럴 때마다 내가 속한 종을 이해한다는 것
거대한 성기를 가진 물소들의 이동에 포함된다는 것
나를 기준으로 무한한 동서남북을 만든다는 것
그것이 보시기에
좋았지만

아무래도 나는 분포되지 않았다.
내가 있는 이곳에서
네가 있는 그곳까지
여전히 여기 있다가 문득
우리가 여기
있지 않을 때까지

개들의 예언

죽은 사람과 외로운 사람이 한 아파트에 살았다.

개들이 먼저 고개를 떨어뜨렸다.

빗방울들의 방향을 이해하였다.

외로운 여자와 아주 단순해진 남자가 동시에 같은 것을 깨달았다.

경비원과 드디어 결심한 사람이 동일인이 아니다.

35미터 상공의 침대가 무서운 속도로 떠오르기 시작했다.

식물들이 격렬해졌다.

지표면에 조금 더 가까워지는 사람이 있다.

죽은 사람이 초인종을 거칠게 눌렀다.

그때 당신은 의심의 대상이었다.

영원에 가까운 삶

영원을 떠나보내기 위해 기차역에 갔다. 목적지가 없는 기차를 영원은 타고 갔다.

영원에게는 언제나 먼 곳이 있는 것 같았다. 그곳이 영원에게 이미 지나온 곳 같았다.

오늘도 열심히 일을 하고 열심히 텔레비전을 보고 열심히 잠을 자는 것은 나
영원이 아니라 나
영원은 여기저기에서 나를 잊었다.
마치 나를 다 살아낸 듯이

내가 출근을 하고 우체국에도 가고 관공서에도 가는 것을 알면서 영원은
매일 공무원 같았다. 문서의 한 칸을 메우기 위해 먼 산을 바라보는

비처럼

영원은 내렸다.

그것이 그의 업무.

나는 새 옷을 사고 새 안경을 샀다.

그것이 나의 업무.

오늘도 세수를 하고 머리카락을 한 올 한 올 매만
지는 것으로

나는 세상의 모든 기차역에 혼자 서 있는 사람이
되었다.

어제도 그제도 아름다운 사람으로서 나는

처음 거기 서 있는 사람이 되었다.

고개를 들면 텅 빈 구름에게서

떨어지는 빗방울들이 하나

둘

나는 우산을 쓰지 않았다.

오늘은 영원으로부터 조금 더

먼 곳으로

무간도

어둠이 직립하거나
어둠이 증오를 하는 것은 아니지만
그것으로 이해할 수 있는 것
의외의 반전, 또는
흉기들

다른 소문 속에 숨어 있는 당신,
옷깃이 보여.
어둠 속에서 번쩍,
무언가가 빛났다면 그건
누군가 총을 잘 쏘았다는 뜻

복도는 지나가는 곳이 아니라 드디어
누워 있는 곳
내일의 일정과 의심으로 가득한 심장을
차갑고 딱딱한 것이
관통하는 곳

어둠과 플롯은 칼끝을 닮았다.
겨냥한다는 것이 아니다.
정확하다는 것이 아니다.
누워서도 그것의 존재를 실감한다는 것
끝내 그곳에
도착한다는 것

클라이맥스를 덮고 누운 채
대통령이나 학살 같은 이상한 것에 대해 생각했다.
복도는 반드시 바깥으로 이어지고
자꾸 이상한 생각이

거기 숨은 당신,
옷깃이 보여.
이 사랑스러운 어둠에는
아무런 틈이 없는데

일치

너의 너무 멀리에 있다고 생각하여
조금 더 가까운 곳으로 이동했지.

아무것도 겹쳐지지는 않았네.
잠결의 비명이라든가
사망시각 같은 것이.

길을 걸어가다가 나도 모르게 손을 뻗었는데
모르는 사람이 뒤돌아보았어.
돌아보면서 왜?
뭐?
라고 다정하게 물었지.

나는 너의 가까운 곳에서 더 가까운 곳으로
응?
그래?
라고 묻는 너에게
처음 보는 너에게

세상에는 먼 데가 참 많구나.
옆모습으로만 이루어져 있고
등으로만 이루어져 있고
걸어가다가 팔꿈치에 닿는

어제의 잠꼬대는 기억나지 않네.
사망시각 같은 것은 정해지지 않았지.
밤의 도로를 앰뷸런스가 달려갔다.
무언가에 조금 더 가까워지려고
일치하려고

복종하는 힘

나는 겨울에 복종하였다. 의자에 순응하기 위해
무릎뼈를 굽혔다. 계단의 의지에 따라 몸을 낮추고
출입구를 위해서는 나갔다.
들어왔다. 또
나갔다.

바깥은 무한해서 복종할 수 없었다.
병원 벤치에 앉은 노인이 눈을 감고 무엇을 따라
가고 있다. 그건
왕인가.
잠인가.

제 몸 안에 중력이 있는 사람의 모양으로
그는 점점 더 무거운 점에 가까워지고
별과 비슷해지고
거의 바깥이 되었다.

행성들이 손에 잡힐 듯 가까워졌다.

우주에는 바깥이 없어서
어디로 떠나지도 않고
무엇을 따르지도 않는

거기는 겨울이 없고
거울도 없어서
복종할 수 없었다.
나는 사후가
땀을 흘리는 것을 오래 바라보았다.

* 복종하는 힘: 키르케고르.

소울 키친

식칼이 날아다니고
목이 잘리고
뜨거운 파도가 쳤지,
이제 음악에 가까워지는 모든 것
냄새도 흔적도 없는 것
어떤 맹세도 불가능한 리듬으로
누가 실종되고
다양해지고
조금 더 외로워졌네,
접시들은 가능성이었다가 문득
박살나고
저녁의 기름은 끓는다,
향료와 양념은 스며든다,
거꾸로 진화하는 동물들의 역사
식물들의 전생
유인원들과
안 보이는 군중의 나라
그러니 썰어라! 섞어라! 쿵쿵거려라!

음표처럼 흩날리는 빗방울을 삼켜라!
비에 젖은 수평선처럼
우리는 영영 외로운
거대한
노동을 했다,
섬세하게 타오르는 태양을 손에 들고서
하늘에서 심해에서 마침내
부엌에서

* 소울 키친: 도어스The Doors.

밤의 부족한 것

오늘의 그림자가 닮는 것이
어제의 그림자가 아니다.
나와 가로수와 서울시청의 밀도가
동일해지는 것이다.
중력을 증명하기 위해 휘청
중심을 잃지 않고도

그것은 주민등록증의 사진이라든가
걸린 외투 같은 것
나로부터 길게 드리워지는 것
목을 자를 수 있는 어둠
또는 침묵으로 이루어진

하지만 칼을 모로 세운 듯
사라져버리는 순간도 있다.
의심스러운 인상착의
감춘 손
행방이 묘연해.

오늘의 그림자가 닮는 것은
일종의 모든 것
바로 그것
나는 심장 근처에서 나를 꺼내
골목 끝을 향해 던졌다.

당신의 잠 속에서 내가 완전히 지워지자
오늘 밤 우주에는 무언가가 모자란다.
나라고는 할 수 없는
무언가가

두번째 강물

나는 같은 강물에 두 번 손을 담글 수 있네. 그 강
물이 왕십리에도 흘러 다니고
목포에도

오늘 신문을 보았는데 내일 신문이었어. 아침에는
거울을 빤히 보았지. 어제의 내가 사람이었는지
이미 죽었는지 알아보려고

나는 매일 물을 건너 다른 세계로 출근을.
익사체가 둥둥 떠 있는 강변에서 일을 하고 잠시
쉬고 또
일을 하고 당신을 만나기 위해 퇴근을.

카페 탁자 위에 물 글씨를 썼는데
사랑해. 라고 썼는데
손가락이 물속 깊이 들어갔는데
바닥에 닿지 않았다. 그곳에서 오래
살아온 것처럼.

숨을 쉬기 어렵다. 라고 내가 말하자
창밖이 움직이는구나. 라고 네가 말했다.
아마도 바다 가까운 곳으로

저편 강물에 손을 담그고 있는 사람이 물끄러미
이쪽을 바라보았는데
어디서 본 듯한
나의 두번째 얼굴

움직이는 바다

우리는 아무도 뜨거운 물속에서 타오르지 않

래서 잘 지냈어요? 요즘은 날씨가 침묵이 꿈속의 사람들이 무서

그런 걸 사랑이라고 말하지 마 기분 나

가 있는 곳과 해류의 방향이 겹쳐 있다면, 겹치고 겹쳐서 천천히 내 쪽으로 밀

랜만이에요. 그냥 전화했어요. 이름을 불러보고 싶어서. 홍대 앞인데요. 자꾸 물속 같

르는 불과 당신의 가장 선호하는 메뉴가

영혼에 가까운 형태로 증류하는 것을 보라. 알코 올은 타오르는 물이어서, 젖은 불이어서, 어떻게 쏟 아지는지

통령도 시에 나옵니다. 시에, 죽음의 시에 드디어

먼 친구들이다 의외의 구름들이다 급류다 야 야 잠깐,

다에 떠오르는,
끔찍한 모양으로 변해가는,
저 저 저

를 보세요. 파도처럼 타오르는, 무너지는, 문득 멈추어서, 멈추어서, 멈춘 채

이쪽을 바라보고 있는

밤의 독서

나는 깊은 밤에 여러 번 깨어났다. 내가 무엇을 읽은 것 같아서.

나는 저 빈 의자를 읽은 것이 틀림없다. 밤하늘을 읽은 것이 틀림없다. 어긋나는 눈송이들을, 캄캄한 텔레비전을, 먼 데서 잠든 네 꿈을
다 읽어버린 것이

의자의 모양대로 앉아 생각에 잠겼다. 눈발의 격렬한 방향을 끝까지 읽어갔다. 난해하고 아름다운,
텔레비전을 틀자 개그맨들이 와와 웃으며 빙글빙글 돌았다. 나는 잠깐 웃었는데,

무엇이 먼저 나를 슬퍼한 것이 틀림없다. 저 과묵한 의자가, 정지한 눈송이들이, 갑자기 웃음을 멈추고 물끄러미 내 쪽을 바라보는 개그맨들이

틀림없다. 나를 다 읽은 뒤에 탁,

덮어버린 것이.

오늘 하루에는 유령처럼 접힌 부분이 있다. 끝까지 읽히지 않은 문장들의 세계에서

나는 여러 번 깨어났다. 한 권의 책도 없는 텅 빈 도서관이 되어서. 별자리가 사라진 밤하늘의 영혼으로. 그러니까
당신이 지금 읽은 것은 무엇인가?

밤의 접힌 부분을 펴자
내가 한 번도 보지 못한 문장들이 튀어나왔다.